KB002242

마지막 눈사람

일러두기

1. 빙하기의 지구에 홀로 남은 눈사람의 독백을 통해 문명의 폐허 위에 서 있는 한 존재의 절망감과 외로움과 허무를 다룬 작품 『마지막 눈사람』은 주인공인 마지막 눈사람의 이야기가 펼쳐지면서 그 아래 댓글 성격인 시와 단상이 배치되어 있다.
2. 표제작 「마지막 눈사람」의 원제는 「그로테스크」이며, 단상들은 시집들과 산문집에서 선정하였다.
3. 시는 제목을 표기하였고, 제목이 없는 단상은 산문집 『물렁물렁한 책』의 일부이다.

마지막 눈사람

최승호

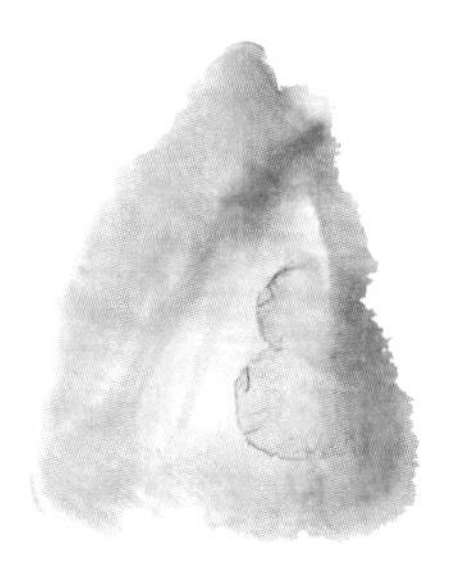

상상

작가의 말

'어린 왕자'가 그랬듯이
우리가 어느 아득한 먼 별로부터 와서
다시 어느 별로 돌아가는지 모를 때
별들은 더 빛나는 듯하다.
이 책은 우리 은하계의 한구석에 있는
어느 별의 죽음에 관한 짧은 이야기이다.
주인공은 눈사람이다.

2023년 2월
최승호

차례

작가의 말 • 5

마지막 눈사람 • 8

해설 • 134
얼음도시의 차라투스트라는 이렇게 말했다
류신(문학평론가·중앙대 유럽문화학부 교수)

G1

나는 말을 한다.

있을 수 없는 죽음에 대해서…….

가슴이 있다는 것은 고통스럽다. 공허와 비애와 우울과 불안, 고독과 절망감과 그리움, 그 모든 것이 하나의 가슴에 들어 있지 않은가. 가슴이 있다는 것은 고통스럽다. 그렇다고 가슴의 서랍들을 다 빼버리고 텅 빈 가슴으로 살아갈 수도 없는 일. 벽돌은 가슴이 없다. 구름도 가슴이 없다. 가슴이 있다는 것은 고통스럽다.

「가슴의 서랍들」

G2

어느 날 나는 지상에 나 혼자 살아남았다는 것을 알게 되었다.

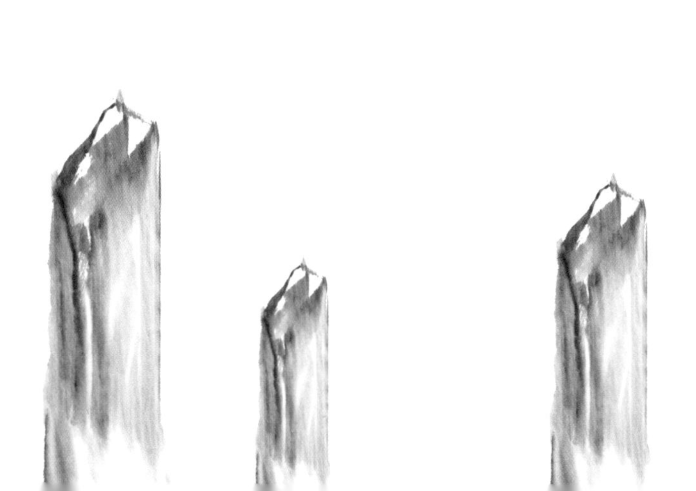

나는 얼음의 성이었다. 하얀 빙벽을 두른 고독으로 얼음의 자아를 고집했다. 아무도 내 안으로 들어올 수 없었다. 사랑의 불길조차 나에 닿으면 꺼져버렸다. 빙벽의 시간 속에서, 가족들은 나를 어떻게 생각했을까. 거만하다고 말하지는 않았지만 거만하다고 생각지 않았을까. 얼음동굴의 얼음도끼들, 내 수염이었던 고드름들, 결빙의 세월을 길게도 나는 살아왔다. 빙하기로 기록해둘 만한 자아의 역사!

「얼음의 자서전」

G3

빙하기가 지상의 피를 다 얼려버린 것이다.

나는 간빙기間氷期의 인간이라고 한다. 거대한 얼음의 시간과 얼음의 시간 사이에 살고 있다는 것이다. 크로마뇽인들은 빙하기에도 살아남았다 한다. 대단한 사람들이다. 하지만 다 죽었다. 빙하기에도 내가 살아남느냐 죽느냐 하는 범인류애적인 걱정거리를, 나는 하늘과 땅에 맡기기로 했다. 나는 오래 살아도 빙하기처럼 장수하지는 않을 것이다. 설령 물의 것이었던 내 피가 그때까지 남아 있다 해도, 얼음산맥의 깊은 계곡에 투명한 얼음알로 박혀 있거나, 눈 쌓인 산봉우리의 몇 점 눈송이로 바람에 흔들리고 있으리라.

「수박」

만약 내가 사람이었다면 내장까지 다 얼어붙은 채 동사했을 것이다. 그러나 나만은 예외였다. 얼어 죽기는커녕 눈보라가 칠 때마다 살이 찌는 느낌이었다. 그렇지 않아도 뚱뚱한 몸에 눈송이들이 들러붙어 나를 더 뚱보로 만들고 있었다.

나는 물렁물렁하게 태어났다. 반죽의 아들처럼, 혼돈의 아들처럼, 나의 의지와 관계없이 나는 빚어져 세상에 던져진 것이다. 그 이전에 나는 누구였을까. 나라는 강한 자의식, 자기혐오, 자아 부정, 나를 넘어서 타아他我에 이르려는 꿈—지겹도록 나를 둘러싼 이 겹겹의 얼크러진 의식들조차 없을 때 나는 세계의 무수한 질료들 속에 뒤엉킨 질료로서 존재했다. 나는 덩어리도 조각도 알맹이도 아니었다. 나에겐 안이 없었고 밖이 없었으며 크다거나 작다고 할 수 있는 테두리가 없었다. 모든 물질을 꿰뚫는 허공이 질료인 나를 꿰뚫고 있었지만 나는 그것을 의식하지 못했고 허공이 나를 품고 있다고 생각지 않았다. 나의 것이라곤 아무것도 없던 시절에, 그렇다고 나 아닌 모든 것을 나라고 여기지도 않던 시절에, 나에겐 나라고 이름 붙일 그 무엇도 없었다. 도대체 언제 나는 나라는 말을 배운 것일까. 나는 물렁물렁하게 태어나 이제 마흔여섯 살이 되었다. 몸의 나이, 그러나 질료의 나이로 볼 때 나에게 과연 나이라는 게 있는 것일까. 내가 죽으면 나는 다시 세계의 질료로 돌아갈 것이다. 흙으로 빚은 항아리가 깨어져 다시 흙으로 돌아가듯이 말이다. 하지만 죽음도 내 의지는 아니다. 나는 아주 오래 살고 싶다. 욕망은 언제나 그렇게 괴물처럼 말한다.

G5

옥상 위 뚱보의 고독, 그렇다. 소름 끼치는 무서운 고독이 빙하기에 있었다.

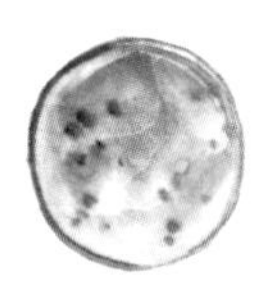

어제 소행성 하나가 지구를 살짝 비켜 갔다. 지구와 달 사이보다 가까운 거리까지 근접했다가 충돌하지 않고 지나간 것이다. 태양을 2.72년 주기로 돌고 있는 소행성 2012 XE54는 지구로 다시 접근할 것으로 예상된다. 나사(NASA)의 제트추진연구소 과학자들은 최근 지구에 접근했던 소행성 99942 아포피스가 2036년 지구와 충돌할 확률은 100만분의 1이하라고 결론 내렸다. 백악기 대멸종. 한때 지구를 지배했던 공룡들이 다 죽은 것은 소행성 칙술루브가 지구와 충돌했기 때문이라는 학설이 있다. 없는 내가 허공으로 존재했던 6500만 년 전 이야기.

어느 날 나 없는 나의 고독은
동쪽 은하
외뿔소자리에서 고개를 쳐들 것이다.

「소행성」

내려다보면 거리는 텅 빈 백색 동굴처럼 고요했다. 마네킹이 뛰쳐나와 울부짖을 것만 같은 적막의 거리. 소음도 소란도 없었다. 사람 하나 없었고 개 한 마리 없었다.

처음과 끝과 중간을, 위와 아래를, 넓이와 깊이와 두께를, 안과 밖을, 중심과 가장자리를 알 수 없는—고요 속에서 문 열리는 소리를 들었다. 삐꺽거리는 소리, 그리고 문 닫히는 소리. 귀는 열려 있었다. 귀는 언제나 열려 있었다. 오토바이 소리를 들었다. 헬리콥터 소리를 들었다. 자동차 시동 거는 소리를 들었다. 기계의 떨림, 도처에 떨림이 있었다. 겹치고 부딪치면서 불길한 파도처럼 밀려오는 기계들의 떨림이 전해지는 귀가 있었다. 소란들, 마찰음과 폭발음, 기계음으로 변성된 인간의 목소리, 그 모든 소리들을 거부하지 못하면서 귀는 열려 있었고 고요 또한 열려 있었다. 고통처럼 발열처럼 부풀었던 소리들은 결국 고요해지며 고요로 돌아갈 것이다. 너무나 실감나서 환상이라고 믿기지 않는 마술사의 환상처럼 청각기관에 울리는 생생한 소리들은 깊이도 넓이도 알 수 없는 고요로 돌아갈 것이다. 고요에서 태어나 고요 속에 죽는 소리들의 희미한 최후. 내 귀가 어두워지고 내가 귀머거리가 되고 귓속에 흙이 밀려든다 해도 여전히 고요는 귀의 안에, 그리고 귀의 밖에 있을 것이다. 처음도 끝도 중간도, 위도 아래도, 바닥도 없는 고요는, 텅 빈 듯한 고요는……. 그러나 나는 지금 말을 한다.

G7

다 죽었는데 나만 혼자 구경꾼처럼 남아 있어도 되는 것일까. 마치 지구의 종말에 대한 긴 보고서를 작성해야 하는 어느 우울한 외계인처럼,

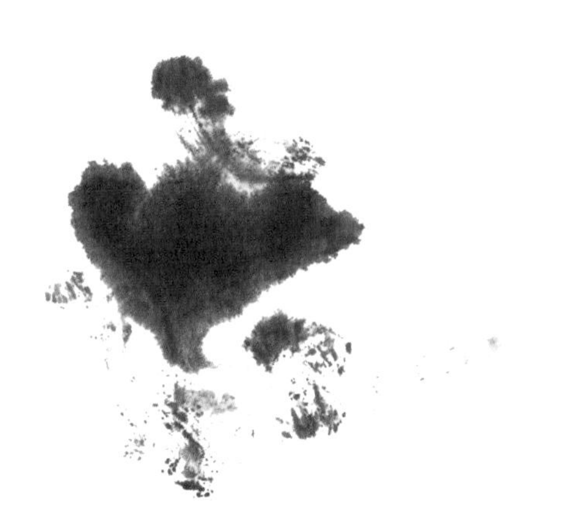

저자 이름은 있어도 저자의 육체 없는 시집을 읽는다. 거기서가 아니라 어느 날 저자는 시간의 구멍에 흡수되듯 사라진다. 그러고는 다시 나타나지 않는다. 지상에는 여전히 그의 이름 붙은 책이 펄럭이고, 누군가 얼음의 책을 읽으며 그의 눈매 그의 미소 그의 길고 가느다란 손가락들을 기억한다. 사라짐. 사라짐으로 저자는 영원히 글 쓰는 자가 된다. 사라지지 않는 문자에 육체를 절여 넣고, 그는 낡은 외투처럼 사라지는 것이다. 문자에 스민 그의 피, 그의 숨결, 그의 고통, 때로 얼음의 책 속에서 웃음소리가 들려온다. 그는 아직 얼음 속에 살아 있는 것이다. 문자에 육체를 절여 넣고 영원히 존재한다? 문자도 영원하지 않다. 얼음의 책은 문자들과 함께 녹아 버린다.

「얼음의 책」

G8

빌딩 옥상 위에서 허구한 날 망원경도 설안경雪眼鏡도 없이 얼음과 눈에 파묻힌 문명의 폐허를 지겹도록 지켜보는 것, 별로 살아남고 싶지도 않았지만 산 자의 몫은 이것이다.

문명엔 너의 죽음이 필요하다
네 뼈가
공업용 쇠뼈로 부서지고
네 육신이 포장육으로 나눠질 때
가죽공장 노동자들은 네 가죽에
무두질과 염색을 시작한다

가죽들의 무덤, 쇼윈도에 나타나는
물소

문명엔 너의 식욕이 필요하다
숫자와 서류뭉치와
도장을 먹고
불룩해지는 가죽가방
이제 네 뱃속에 풀물 든 내장은 없다
관청과 회사들 사이에서
음험한 뱃가죽을 내밀고 숨 쉬면서
너는 이제 도살의 음모에 가담한다
너의 숫자는
가방을 든 용병,
가방을 든 회사원만큼 불어난다

쇠뿔 달린 힘센 문명이여,
가방으로 물소들을 때려죽여라

「물소가죽가방」

G9

시간은 얼음과 더불어 굳어버린 것일까. 옥상에서 바라볼 때 적어도 인간적인 시간은 끝장이 난 것처럼 보였다. 변화를 몰고 올 시간이란 존재하지 않았으며 과거는 얼음으로 굳어진 현재일 뿐이었다.

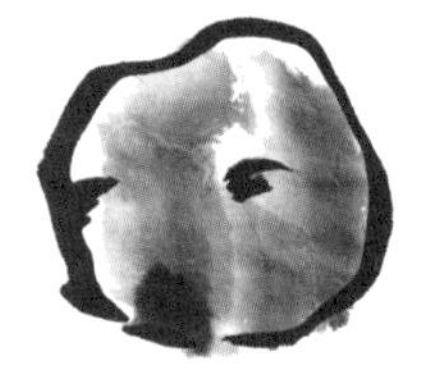

거리를 굽어보는 마네킹 앞으로, 등뼈 구부러진 늙은이가 지나간다. 마네킹의 눈엔 등뼈가 없다. 늙은이도 없고 앞날도 없다. 거리를 굽어보는 마네킹 앞으로, 목에 나일론 줄을 두른 염소들이 끌려간다. 마네킹의 눈엔 탯줄이 없다. 불안한 울음이 없고, 끌려가야 할 길들이 없다. 내장이 텅 빈 마네킹 앞으로, 배꼽 불룩한 사람들이 지나간다. 마네킹의 눈엔 배꼽 움푹한 사람이 없다. 지나가버린 사람도 없고, 지나갈 사람도 없다. 마네킹의 눈엔 사람이 없다. 사람이 없을 뿐만 아니라 세상도 없다. 자동차와 인파와 소음들로 붐비지만, 거리는 텅 비었다. 이제 말을 마칠 때가 되었다. 마네킹의 눈엔 땅도 없고 하늘도 없다. 문자도 없고 말도 없고, 시계도 없고 지도도 없다. 마네킹의 눈엔 마네킹도 없다. 무일물의 시절엔 아무런 시절이 없다.

「무일물의 시절」

겁화劫火. 그리하여 그 큰 불길은 모든 은하계를 태워버릴 것이다. 무수한 별들은 싸락눈처럼 녹아버릴 것이고 블랙홀조차 증발해 허공에는 재의 냄새만 있을 것이다. 그리고 그 재 냄새를 씻어버리는 바람이 불고 어둠이 온다. 그 어둠, 온 우주가 무너진 뒤에 그믐밤보다 더한 흑암이 찾아오겠지만 그 어디에도 어둠을 보고 있는 눈은 없을 것이고 오직 고요뿐인 고요가 찾아오겠지만 그 고요를 향해 열려 있는 귀 하나 없을 것이다. 과거 현재 미래의 모든 낮이 죽어버린 밤, 아무것도 없이 텅 비어 있는 하나의 밤, 어쩌면 그 밤이 내 고향인지도 모르겠다. 그러나 아무도 마중 나오지 않는, 내가 나를 버리고 돌아가는 그 밤을 과연 고향이라고 말할 수 있는 것일까.

「밤」

G10

흘러가는 것도 없고 흘러오는 것도 없이 모든 사물들이 굳어 머무는 세상의 한 꼭대기에서 나는 무엇을 해야 하는 것일까.

만년필로 눈, 사, 람, 이라고

휘갈겨 쓴다

잿물을 뿜는 만년필로

만, 년, 설, 이라고

히, 말, 라, 야, 라고

눈을 뭉치듯이 눈덩이를 굴리듯이

눈사람을 만들듯이 쓴다

공을 들여서 쓴다

공空을 들여서

히말라야 산맥도 녹는다고

만년설이 녹는다고

눈사람의 내장이 다 녹는다고

휘갈겨 쓴다

먼 훗날

내가 아주 오래

질겨빠지게 살다 죽은 뒤에

그 뒤에, 그 뒤에,

불안했던 지구덩어리도 없을 때

달도 지구를 잃었을 때

그 어디 사람 하나 있어

달, 빛, 이라고

쓸까

「만년필」

너는 때로 기이한 꿈처럼 너의 삶을 바라본다. 추억의 파편들은 제로에서 제로를 향해 파도치는 꿈결무늬들처럼 떠밀려간다.

G11

종말의 현장 검증에 필요한 유일한 증인으로서 계속 이렇게 소금기둥처럼 얼어붙은 채 결빙된 선과 면과 굳어버린 각도와 구도들을 한없이 관찰해야 하는 것일까.

깊은 밤 저수지는 괴물이 나올 것처럼 조용하다. 소름 끼치는 고요란 이런 것이다. 괴물론怪物論을 읽어본 적도 없고 쓰고 싶은 생각도 없지만, 나는 괴물이 나타나는 호수에는 소름 끼치는 고요, 견딜 수 없는 불안, 그리고 불안을 공포로 형상화시켜 좀 누그러뜨리려는 심리가 있다고 본다. 시끄러운 대도시에는 어떤 괴물도 나타나지 않는다. 이미 대도시가 엄청난 괴물이니까.

내 안구들은 불투명 속으로 녹아버릴 것이다. 빛이 다한 초처럼 나의 시선은 아무것도 밝히지 못할 것이며 점멸點滅의 무늬들이 흘러 다녔던 나의 망막 또한 불길에 녹아버린 스크린처럼 사라질 것이다. 보려는 자도 없고 눈도 없고 아무것도 볼 수 없는 세계, 그 세계는 눈이 태어나기 이전의 세계일까?

차라리 내가 화가였다면 이 장엄한 설경雪景을 거의 흰 물감만으로도 캔버스에 담을 수 있었을 것이다. 하지만 재능 있는 화가였다 해도 지금은 그림 그릴 심정도 아니고 붓 하나 없다. 물감도 없고 관객도 없고 뭐든지 없다. 사정이 그렇다. 나는 옥상에서 내려갈 수 없는 것이다.

당신이 만약 백지였다면 침묵 속에서 잉크를 빨아들였을 것이다. 문자들로 배를 불리거나 의미로 목을 축이겠다는 생각 없이 당신은 잉크를 빨아들이며 잉크에 젖었을 것이며 그 <먹어버림>의 시간들이 지저분하다거나 속되다는 생각 없이 무심코 잉크의 번짐을 받아들였을 것이다. 당신이 만약 백지였다면 백지의 순결함을 고집하지 않으면서 누가 당신에게 먹칠을 하든 구겨서 찢어버리든 그것을 상처로 여기지 않았을 것이다. 그리고 불에 타 문신 같은 문자들과 함께 재로 흩어진다 해도 백지의 일생에 대해 슬픔조차 느끼지 못했으리라.

G13

어제는 진종일 눈보라가 쳤다. 이미 지워버린 세상을 완벽하게 뭉개버리겠다는 기세로 유리 조각 같은 눈발들이 끝없이 날아왔다. 하늘도 땅도 없고 오직 눈보라만 보였다.

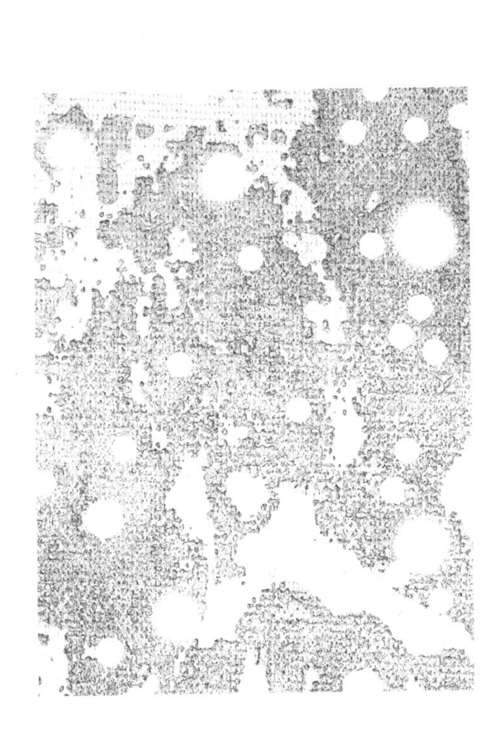

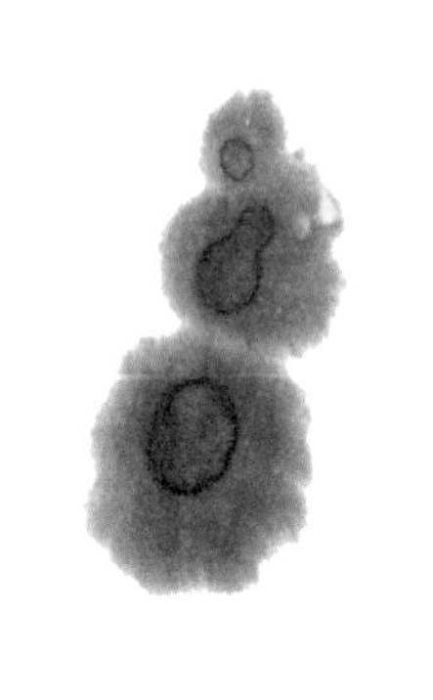

산들이 물렁물렁한 시절에 나는 드넓은 반죽으로 존재했을 것이다. 나는 물이면서 진흙이었고 녹아 있는 금金이었는지 모른다. 아직 지층이 없었던 시절에 나는 전체의 한 부분으로 존재하지 않았을 것이다. 나는 모든 물질에 편재遍在했다. 뒤엉킨 모든 물질이 나였다. 망아忘我로서 나는 나라는 것조차 의식하지 못한 채, 내가 있는지 없는지조차 모르고 있었을 것이다. 내가 무기無己였던 시절에 나는 안도 바깥도 없는 혼돈덩어리로 존재했을 것이다. 산과 하늘은 그 이후에 나누어진 것이라고 말해야 할까.

G14

허공에 붕 떠 있는 느낌, 왠지 불안했다. 밑이 보이지 않으니까 추락할 것 같았다.

나는 내면의 비밀스런 한 구멍을 뚫음으로써 온 우주가 쏟아져 들어오는 문열림의 시간을 기다려왔다. 그러나 그 구멍은 늘 고집스런 마개로 막혀 있는 느낌이었다. 집중의 힘으로 마개를 볼 수는 있었으나 뽑을 수는 없었다. 마개는 다름 아닌 고집스런 나였던 것이다. "마개를 뽑지 마라!" 그 소리는 겁먹은 나의 목소리이면서 마왕의 목소리이기도 했다.

마개를 뽑지 않아도 결국 죽음이 마개를 뽑아버릴 것이다. 문열림의 시간, 마왕도 물러나고, 포도주처럼 열린 저수지처럼 나는 쏟아질 것이다. 그때는 웅크렸던 내면이 한없이 펼쳐져서 모든 별을 싸안는 어두운 보자기가 될까. 찢어진 보자기, 밑 빠진 보자기, 구멍밖에는 아무것도 없는 보자기, 내면이라고 하기엔 면도 없고 안도 없고 바닥도 없는…….

그러나 죽음이 올 때까지 내면의 마개는 여전히 박혀 있을 것이다. 동양인은 장이 길다. 입에서 항문까지의 길, 그 길이 얼마나 길고 질긴지는 모르겠으나 입에는 마개가 없고 똥구멍에도 마개는 없다. 콧구멍도 마찬가지다. 마개는 없다. 눈, 귀, 정수리, 그 어디에도 마개가 없는데 어떻게 나의 내면엔 뽑아버릴 수 없는 배꼽처럼 마개가 콱 박혀버린 것일까.

「마개」

G15

내가 잠든 사이 빌딩이 붕괴되기를…… 현기증 속에서 그런 자살 같은 생각을 했다.

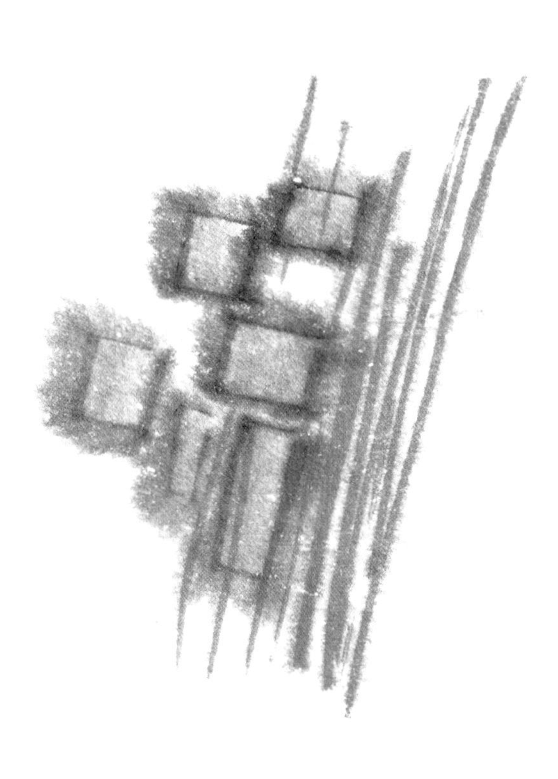

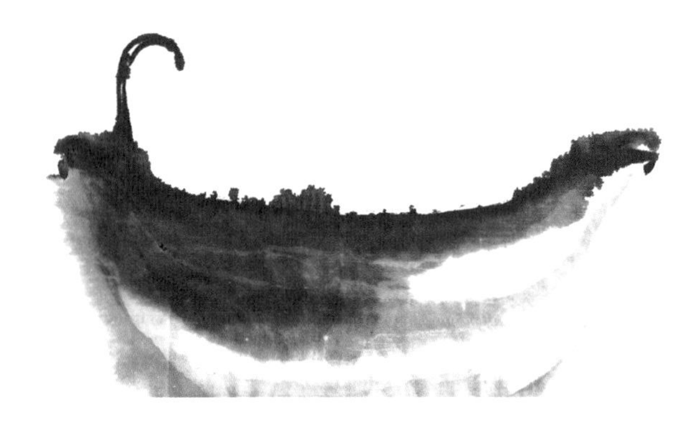

그날 눈사람은 텅 빈 욕조에 누워 있었다. 뜨거운 물을 틀기 전에 그는 더 살아야 하는지 말아야 하는지 곰곰이 생각해 보았다. 더 살아야 할 이유가 없다는 것이 자살의 이유가 될 수는 없었으며 죽어야 할 이유가 없다는 것이 사는 이유 또한 될 수 없었다. 죽어야 할 이유도 없었고 더 살아야 할 이유도 없었다.

아무런 이유 없이 텅 빈 욕조에 혼자 누워 있을 때 뜨거운 물과 찬물 중에서 어떤 물을 틀어야 하는 것일까. 눈사람은 그 결과는 같은 것이라고 생각했다. 뜨거운 물에는 빨리 녹고 찬물에는 좀 천천히 녹겠지만 녹아 사라진다는 점에서는 다를 게 없었다.

나는 따뜻한 물에 녹고 싶다. 오랫동안 너무 춥게만 살지 않았는가. 눈사람은 온수를 틀고 자신의 몸이 점점 녹아 물이 되는 것을 지켜보다 잠이 들었다.

욕조에서는 무럭무럭 김이 피어올랐다.

「눈사람 자살 사건」

G16

왜 나만 죽지도 못하고 빙하기에 혼자 남아 있는 것일까. 이건 끔찍한 형벌이다. 옥상은 나의 감옥이고. 그렇지 않은가.

온몸의 살이 썩고
온몸의 뼈가 허물어져서
재 밑의 재로 나는 돌아가리라

지금은 살이 썩고 곪아도
손으로 다 긁지 못하지만
터뜨리지 못하는 고름 주머니 육신의
심한 가려움증도 그 재의 밤엔 다 나아 있으리

온몸의 살이 썩고
온몸의 뼈가 다 허물어져서
재 밑의 재로 나는 돌아가리라

지금은 재 위에 주저앉아
추한 꼴로 썩어가는 몸을 재로 씻으며
까마귀 떼 울음소리 듣고 있으나
재 휩쓸어가는 바람의 밤엔 다 조용해지리

나 없는 그 밤에
울음도 타버린 마른 재를 맡기면서
침묵의 밤으로 나 돌아가리라
재의 입술이 떨어지는
흙의 밤 속으로

「회저」

내가 죽으면 나의 상처는 더 이상 상처로 남아 있지 않을 것이다. 내면의 상처든 거죽의 흉터든 모든 상처들은 지워질 것이며 긁히고 찢어지고 피를 흘렸다는 기억조차 거대한 반죽의 힘에 뭉개질 것이다. 하지만 그때에도 참았던 슬픔을 터뜨릴 수는 없지 않을까. 혼돈의 반죽 속에서 슬픔은 너무나 보편적인 것인지도 모르겠다. 도살장의 소나 배 터져 죽은 두꺼비도 제 슬픔을 어쩌지 못하고 물렁한 반죽덩어리에 뒤섞이는 지상에서.

G17

어쩌면 존재의 이유라는 게 이런 것인지도 모르겠다. 감옥을 위해서 나는 존재한다. 그리고 나를 위해서 감옥이 존재한다. 이상한 논리지만, 적어도 이 논리는 어처구니없이 고독하고 암담한 나의 현존보다는 덜 이상하고 덜 비논리적이다. 이론에 의지해 살아야 한다면 이상한 이론들을 많이 만들어서 불안한 사람들을 조금이나마 안심시켜야 한다.

아무 쓸모없이, 그러나 존재한다. 노을은 그렇다. 오래 있는 것도 아니다. 누굴 위해 있는 것도 아니다. 노을은 누구를 위해 존재하는가? 노을은 질문을 위해 답을 위해 있는 것도 아니다. 노을은 벌겋다. 노을이 벌겋다고 사람들은 말한다. 하지만 사실 벌건 것은 하늘이지 노을이 아니다. 하늘은 붉을 수도 있고 푸를 수도 있다. 그러나 노을은 다르다. 푸른 노을은 없다. 검은 노을도 없고 하얀 노을도 없다. 대체 누가 노을이란 말을 만든 것일까? 노을은 실체가 없다. 그러나 벌겋게 눈앞에 펼쳐진다. 노을은 그렇다. 없다고 하자니 벌겋게 있고, 있다고 하자니 실체가 없다.

노을은 한 마지기 붕대,

철교 위를 흐르는 분홍색 물처럼

해질녘 아픈 이마들을 감싸주려고 찾아오는가.

「다시 노을이 찾아오다」

G18

존재의 이유, 그럴듯한 말이다. 똥주머니가 대가리 안에 들어 있는 문어처럼, 이유는 대가리 안에서 만들어져 문어발처럼 너희들을 움직였다.

선생의 별명은 해골이었다. 움푹한 눈으로 의자에 앉아 문법을 가르치곤 했다. 불거진 광대뼈, 앙상한 손가락, 음침한 기침 소리. 해마다 껍질 벗겨 말린 뱀 삼백 마리가량을 먹는다는 소문에도 불구하고 선생은 질질 끌던 폐병으로 돌아가셨다. 우리는 선생이 의자에 단정히 앉아 죽음에 들려나가는 것을 지켜보았다. "문법을 잘 지켜라. 제군들 그 누구도 문법으로부터 자유로울 수는 없다. 비유하자면 문법은 형무소장이요 너희들은 죄수들인 것이다." 유언은 아니었지만 그분은 그런 말씀을 남겼다. 선생이 세상을 뜬 지도 어느덧 삼십 년이 된다. 그분이 없는데도 어떻게 나는 문법을 지키려고 애쓰며 글을 쓰고 있는 것일까. 막대기를 들고 내 공책을 넘기며 숙제 검사를 하던, 선생의 왕머루 같은 눈이 눈에 선하다.

「문법」

생각은 단 한 번이라도 생각 밖으로 나가본 적이 있는 것일까. 생각 밖은 어떤 세계일까. 생각의 밖에서 아무런 생각 없이 바라볼 때 생각은 어떤 모습일까. 생각은 언제나 갇혀 있는 모습일까. 구멍 없는 유리병 안의 새처럼. 초월을 지저귀는 순간에도.

G19

너희들은 이제 다 얼어 죽었기 때문에 존재의 이유는 나 하나만의 문제이다. 하지만 존재의 이유가 있다 해도 나는 움직일 수 없지 않은가. 소금기둥처럼 부동의 자세로 굳어 있는 나에게 사실 존재의 이유란 아무런 도움이 되지 않는다. 없는 게 낫다. 생각은 그렇지만 이유가 없으면 불안해진다. 바로 이 점이 문어와 나의 차이인 듯하다.

만약 당신이 거미였다면 큰 궁둥이를 끌고 허공에서 어기적거렸을 것이다. 반죽통인 궁둥이에서 찐득한 실을 뽑아 거미줄을 짜놓고 당신은 나뭇가지나 잎사귀 그늘에 숨어 거미줄에 달라붙는 나비나 날벌레들을 기다리고 있지 않았을까. 당신이 만약 거미 몸을 받았다면 무료한 낮들과 고독한 밤들을 견디면서 바람 속에 늙어야 했을 것이다. 그리고 마침내는 당신이 짠 거미줄에 텅 빈 껍데기로 붙어서 펄럭이다가 거미줄을 찢는 북풍에 내던져져 마른 가시덤불 속으로 사라졌겠지.

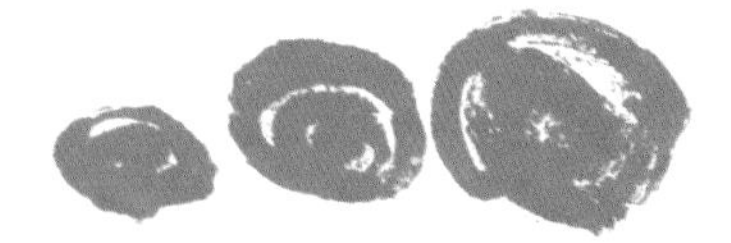

모든 상처가 진주가 되는 것은 아니다. 그해 여름에서 그다음 해 여름까지, 나는 조개껍질 같은 방에서 살았었다. 뭘 하고 살았나? 아무것도 하지 않았다. 아무것도 아무것도 하지 않고 숨만 쉬었다. 들숨과 날숨, 아무것도 아무것도 하지 않고 숨만 쉴 때, 내 콧구멍과 허공의 콧구멍이 다르지 않고, 내 들숨은 허공의 날숨이요 내 날숨이 바로 허공의 들숨이라는 것을……. 물론 한숨도 쉬었다. 한숨이라! 내가 한숨을 쉴 때마다 허공도 긴 한숨을 쉬며 슬퍼했다. 누가 감히 내 슬픔을 기뻐할 수 있었겠는가. 조개껍질 같은 방에서 나는 숨결과 침묵만으로 살았었다. 상처가 썩으면 독화살도 뽑혀나간다고 생각하면서.

「조개껍질 같은 방에서」

과일바구니 속의 악몽이란 빈 과일바구니를 한없이 뜯어먹는 벌레꿈 같은 인생을 말한다.

「과일바구니 속의 악몽」

G20

문어는 존재의 이유를 몰라도 움직이지만 나는 움직이는 데 이유가 필요하고 그것이 없으면 되도록 움직이지 않으려고 하는 것이다. 움직일 수도 없는 주제에 이런 말을 하다니! 나도 두족류로 태어나볼 걸 그랬다. 대가리에 발이 달려 결국 가슴이 생략된 두족류 말이다.

망둥어가 보기에 멍게의 삶은 얼마나 엉뚱한가. 갈매기가 보기에 게의 삶은 얼마나 엉뚱한가. 낙지가 보기에 조개의 삶은 얼마나 엉뚱한가. 뻘은 이 모든 엉뚱한 삶에 열려 있다. 마치 자신의 품 안에서 마음껏 놀고 싸우다 자신의 품 안에서 개흙투성이로 죽으라는 듯이.

토막, 토막, 토막들, 젓꼭지에서 발가락 크기까지, 토막 나서 꿈틀거리는 낙지의 다리, 서로 뒤엉키고 달라붙고, 방향 없이 꿈틀꿈틀 기어나가는, 눈알 없는 토막들. 벌판이 보이는 나이 마흔에는, 성性을 포함한 모든 방황을 끝내고, 수미산처럼 우뚝 내가 서 있어야 한다. 토막, 토막, 토막들, 온갖 썩은 낙지 대가리와 이별하고, 기관차 없는 토막 열차들처럼 앞도 뒤도 없이 꿈틀꿈틀 기어다니는, 이런 낙지 꼴은 눈 뜨고 오래 들여다볼 일이 못되므로, 가슴 없는 낙지 대가리와 이별하고, 이제 무슨 길을 걸을 것인지, 발가락들이 아직 발에 붙어, 흩어지지 않은 채 길을 기다린다.

「산 낙지 한 접시」

G21

밤이다. 보름달이 광활한 얼음도시를 비추며 떠오른다.

문제는 허공이다. 삼천대천세계를 한 덩어리로 반죽해 물렁물렁한 책에 담는다 해도 허공은 담을 수가 없는 것이다. 문제는 허공이다. 허공은 반죽을 할 수가 없다. 이것이 반죽의 한계, 의식의 한계, 언어의 한계인지도 모르겠다. 허공이 문제다. 보이지 않는 그것이 의식을 들쑤신다. 머리가 문제다. 허공이 온통 쏟아져 들어와도 무엇 하나 느낄 수 없다니!

여백은 테두리 없는 텅 빈 거울과 같다. 먼지 한 점이 와도 그를 비추고 쌍둥이 눈사람이 와도 그를 비추며 망치 든 바보가 와도 그를 비춘다. 해와 달을 비추고 암흑성운을 비추며 허공의 가장자리 별들을 다 비춘다 해도 오히려 넉넉하게 비어 있는 것, 그것이 여백이다. 그러나 어둠이 오면 어두워지고 밝음이 오면 밝아지는 여백을 평면이라고 할 수는 없다. 텅 빈 거울과 같다는 말은 거울처럼 깨어진다.

「텅 빈 거울」

G22

텅 빈 건물마다 들어찬 어둠.

욕망의 백야. 안개로 된 외투를 입고 유령들은 돌아다닌다. 육신이 재 된 줄도 모르고 25시 편의점에서 25시 편의점으로 그들은 왜 돌아다니는 걸까. 통조림이 그립기도 할 것이다. 안개외투 속에 팔은 없지만, 손으로 통조림을 따서 고기를 꺼내 먹고 싶을 것이다. 포도주가 그립기도 할 것이다. 안개외투 속에 눈은 없지만, 안개가 흘러나오는 눈을 포도주로 물들이고 싶을 것이다. 색상표보다 다채로웠던 눈들, 메뉴판보다 더 길었던 입들. 유령들은 잠들지 않는다. 육신이 없으면 잠도 잘 수가 없다. 영원한 불면증, 백야의 욕망.

「편의점의 불빛」

G23

이제는 마지막 그 늙은 유령도 어디서 얼어 죽은 것 같다. 날마다 교회 지붕에 항아리 같은 모습으로 나타났다 사라졌는데 오늘은 보이지 않는다. 모르긴 해도 아마 자살했을 것이다.

G24

빙하기의 유령이야말로 빙판 위에서 오래 방황하지 말고 제 얼굴을 집어 던져 거울처럼 산산조각이 나게 해야 미혹에서 깨어나는 길이 열릴 것이다. 훌륭한 충고 같다. 누구에게도 충고해본 적은 없지만 기억해둘 만한 말을 모처럼 하는 것 같다.

어두운 사람이여, 죽음의 그림자를 오래도록 끌고 돌아다니지 마십시오. 그 실체도 없는 그림자가 마침내는 힘을 얻어서 당신을 삼키게 될 것입니다. 마치 환술사가 만들어낸 환상의 호랑이가 겁먹은 환술사를 씹어 삼키듯 말입니다. 그러니 죽음을 이미 뱃속에 든 똥처럼 날마다 밀어내든지, 자신이 이미 오래전에 죽어버려서 더 이상 죽음은 없다고 생각하든지, 아니면 죽어야 할 나라는 것이 아예 처음부터 없었고, 지금도 나는 없으며 앞으로도 나는 없다는 확신을 가지세요. 이 몸뚱이는 내가 아니고, 의식도 내가 아니며, 무의식도 내가 아닐뿐더러, 무덤의 뼈들도 나는 아니어서, 죽을래야 죽을 내가 없다고 믿고 있는 사람, 그런 사람에겐 더 이상 죽음의 그림자도 따라다니지를 못합니다.

「환상의 호랑이가 환술사를 삼키듯」

G25

구원이 끝난 밤, 지상에는 구원받을 사람이 없다. 옥상 위에 구원받지 못한 내가 하나 남아 있지만 바라는 것이 오직 죽음이기 때문에 이 빙하기에 구원의 문제는 끝장이 났다.

함박눈 펄펄 내리는 날 정육점 앞에
비닐옷 입은 지구인이 나타난다
냉동차 뒷문이 활짝 열리고 거기 도살된
대가리 없는 살덩어리들이
내장을 긁어낸 길짐승들이
지구인의 어깨에 척 걸려서 정육점 안으로 들어간다.
함박눈에 핏방울은 뿌려지고
나도 먹고 사는 사람인지라
이제는 저 살덩어리들을 지구인을 위한 싱싱한 음식으로
백정을 제사장으로
함박눈을 상서로운 하늘꽃으로
받아들여 보기로 한다.

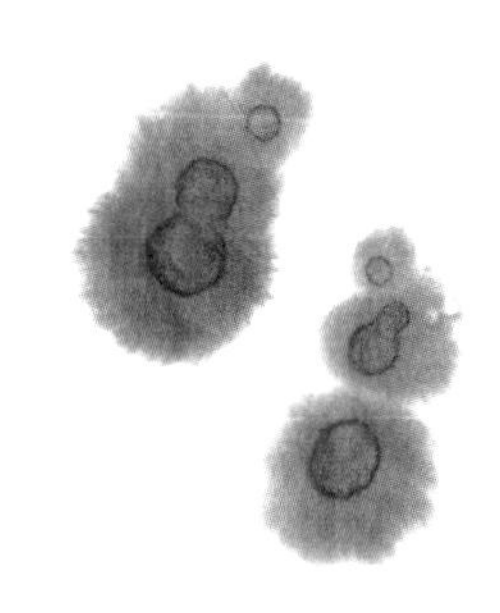

끔찍한 슬픔 뒤에

풍성한 기쁨이 늘 내리는 것은 아니지만

앞이 안 보여도 살아가다 보면

진눈깨비도 있고

우박도 있고

함박웃음 웃는 날도 있을 거라고

그 변덕스런 길을

하늘을 탓하지 않으리라 중얼대면서

두 번 죽지 않는 그날까지

걸어가 보기로 한다

「받아들여야 하는 슬픔」

G26

들을 사람 하나 없는데 왜 이렇게 중얼거리는 것일까. 봄이 오려면 아직 멀었기 때문이다. 봄이 와야 나는 죽을 수 있고 말을 멈출 수가 있다.

사람의 몸을 받고 몸에 갇혀서 나는 옹색해졌다. 이 몸뚱이만을 나로 여기면서 나에게는 타자들이 생겨버렸다. 고집도 생겼다. 몸에 대한 집착도, 자기애도, 나에 대한 측은지심도 생겨버렸다. 사람의 몸을 받고 나에게는 이름이 붙게 되었다. 이름에 갇히고 욕망에 갇힌 채 그러나 과연 그것들이 나인지를 깊이 의심하지 않으면서 나는 살아왔다. 나는 어떻게 내가 누구인지도 모르면서 지금껏 살아온 것일까. 사람의 몸을 받고 몸에 갇히면서 나는 옹색함의 무거움을 갖게 되었다. 답답한 나! 나는 오래전에 내가 떠났던 세계를 나의 옛 몸처럼 바라본다. 몸 받은 뒤에 점점 멀어진 세계, 한때 나는 세계였으나 지금은 세계와 분리된 옹색한 자일 뿐이다. 그리고 지금은 하나의 세계를 무수한 내가 파괴한다.

G27

그리하여 이렇게 밤의 옥상 위에서 고독만이 나의 뼈라고 생각하면서, 강물이 흐르고 새들이 지저귀는 먼 봄을 마냥 기다리고 있는 것이다.

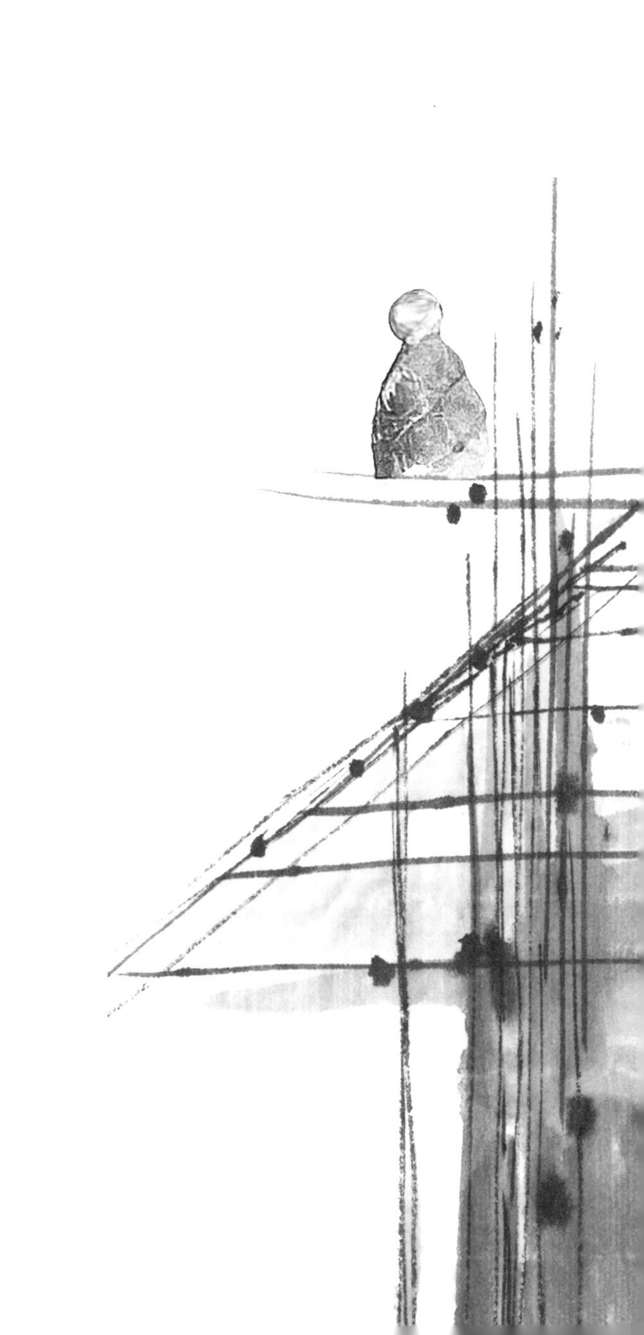

믿고 싶지 않겠지만 어느 날 당신이 태양계의 장님이 되고 은하계의 귀머거리가 되어서 광물질계의 한 벙어리로 침묵해야 한다는 것을 믿어야 한다. 믿고 싶지 않겠지만 나 아닌 것들이 모여서 나를 잠시 이루었다 해체되듯이, 당신도 당신 아닌 세계로 흘러드는 날이 있을 것이다. 이슬, 바람, 흙, 별, 그것들이 본래 당신의 얼굴 아니었나.

「눈다랑어」

얼음도시의 차라투스트라는 이렇게 말했다

- 최승호의 『마지막 눈사람』

류신(문학평론가, 중앙대 유럽문화학부 교수)

1. 이야기와 시

최승호 시인의 『마지막 눈사람』은 독창성의 신화를 해체하면서 새로운 독창성의 비전을 모색한다. 무릇 시인은 자신의 시집이 지닌 개성과 가치를 독자와 평단에서 공인받기를 소망한다. 남들이 다루지 않는 미지의 소재를 발굴하기 위해 매진하고, 기성의 주제를 전혀 다른 시각으로 재해석하기 위해 애면글면하며, 새로운 시문법을 찾기 위해 다양한 형식 실험도 마다하지 않을 뿐만 아니라, 누구도 표현한 적이 없는 참신한 언어를 조탁하기 위해 고투한다. 숫눈길에

첫발자국을 남기려고 팔모로 애쓰는 것이다. 하지만 최승호는 기존의 방법을 따르지 않으면서 시의 새로운 가능성을 타진한다. 최승호의 발상법이 이채롭다.

그는 1997년 출간된 시집 『여백』의 제1부 '눈사람' 중 마지막 작품인 「그로테스크」를 27개의 장면으로 재구성하여 새로운 이야기를 만들어내고 있다. 27개 장면에 G1부터 G27까지 번호를 붙였고, 여기서 알파벳 G는 시의 제목인 '그로테스크grotesque'의 머리글자이다. 이 이야기는 하나의 큰 서사로 상단에 배치되어 선집의 전체를 관통하고, 하단에 배치된 시와 단상이 만들어내는 작은 서사들을 통해 다시 한 번 공명한다.

그는 상단의 27개 장면들이 만드는 이야기가 살아 움직일 수 있도록, 하단에 때로는 전문으로 때로는 부분으로, 자신의 작품들을 선정하고 배치한다. 1977년 현대시학으로 등단한 이후 출간된 17권의 시집들, 즉 『대설주의보』 『고슴도치의 마을』 『진흙소를 타고』 『세속도시의 즐거움』 『회저의 밤』 『반딧불 보호구역』 『눈사람』 『여백』 『그로테스크』 『모래인간』 『아무것도 아니면서 모든 것인 나』 『고비』 『북극얼굴이 녹을 때』 『아메바』 『허공을 달리는 코뿔소』 『방부제가 썩는 나라』 『눈사람 자살 사건』과 자신의 산문집 『물렁물렁한 책』에서 필요한 단상들을 새로운 실험적 방식으로 배치한다.

시구들과 단상들을 27개의 장면 하단에 배치해 붙이는 이러한 작업 방식은, 시선집을 출간하기 위해 출판사 편집인이 특정 시인의 대표시를 가려 뽑는 방식이나 혹은 자선시집을 내기 위해 시인 스스로 문제작을 엄선해 묶는 작업과는 차별된다. 왜냐하면, 27개의 장면 상단에서는 「그로테스크」의 시적 화자, 즉 빙하기 지구에 홀로 남은 눈사람의 독백이 한 편의 이야기처럼 전개되고, 27개의 장면 하단에서는 눈사람의 독백에 대한 주석 형식의 단상들과 눈사람의 상황과 직간접으로 연관성이 있는 인용한 시들이 병치되어 있기 때문이다. 여기서 흥미로운 점은, 상단에 붙인 이야기와 하단에 붙인 시들(단상들)의 상호 관계 속에서 '시적 사건'이 발생한다는 사실이다. 이 관계 맺음의 양상은 크게 세 가지이다.

① 상단의 서사가 함축한 내용을 하단의 시가 부연, 설명한다.
② 상단의 서사가 연출하는 풍경이 하단의 시를 통해 시적 이미지로 전이, 변형된다.
③ 상단의 서사에 내포된 문제의식을 하단의 시가 심화, 확장한다.

최승호는 오려낸 시구들을 자루에 넣고 마구 뒤섞어 로또 숫자 구슬 뽑듯이 하나씩 꺼내지 않고, 치밀한 계산과 정교한 구성 속에서 시구들을 하나씩 선택해 배열한다. 따라서 새롭게 배열된 상단의 이야기와 하단의 시구를 잇는 의도와 맥락을 파악하는 것이 중요하다. 상단과 하단의 절묘한 조응의 저의를 간파하는 것이 『마지막 눈사람』을 가장 흥미롭게 읽을 수 있는 관건이다.

2. 사이와 관계

앞서 언급했던 상단과 하단의 변증법, 즉 마지막 눈사람의 독백이 전개되는 상단의 이야기와 이와 대치하는 하단의 시(단상)가 관계 맺는 세 가지 양상을 구체적으로 살펴보자. 상단의 이야기와 하단의 시는 공간적으로 떨어져 마주 보고 있지만, 그 '사이'는 다음처럼 얽히고설켜 있다.

① 상단의 이야기가 함축한 내용을 하단의 시가 구체적으로 부연, 설명한다. 예컨대 15번째 장면을 보자. 이 장면에서는 멸망한 지구 문명의 폐허에서 유일한 생존자로 남은 마지막 눈사람이 자살 충동을 느끼는 순간이 '상단'에 두 문장으로 압축된다.

G15 내가 잠든 사이 빌딩이 붕괴되기를…… 현기증 속에서

그런 자살 같은 생각을 했다.

그리고 이 두 문장의 하단에는 마지막 눈사람이 소망하는 구체적인 자살의 방식이 최승호의 기성 시작품을 통해 다음처럼 부연, 설명된다. 「눈사람 자살 사건」의 전문을 읽어보자.

> 그날 눈사람은 텅 빈 욕조에 누워 있었다. 뜨거운 물을 틀기 전에 그는 더 살아야 하는지 말아야 하는지 곰곰이 생각해 보았다. 더 살아야 할 이유가 없다는 것이 자살의 이유가 될 수는 없었으며 죽어야 할 이유가 없다는 것이 사는 이유 또한 될 수 없었다. 죽어야 할 이유도 없었고 더 살아야 할 이유도 없었다.
>
> 아무런 이유 없이 텅 빈 욕조에 혼자 누워 있을 때 뜨거운 물과 찬물 중에서 어떤 물을 틀어야 하는 것일까. 눈사람은 그 결과는 같은 것이라고 생각했다. 뜨거운 물에는 빨리 녹고 찬물에는 좀 천천히 녹겠지만 녹아 사라진다는 점에서는 다를 게 없었다.

나는 따뜻한 물에 녹고 싶다. 오랫동안 너무 춥게만 살지 않았는가. 눈사람은 온수를 틀고 자신의 몸이 점점 녹아 물이 되는 것을 지켜보다 잠이 들었다.

욕조에서는 무럭무럭 김이 피어올랐다.

「눈사람 자살 사건」

눈 덮인 옥상에서 집안 욕실로 갑자기 장면이 전환되면서, 그동안 건물의 옥상에서 춥게만 살았던 눈사람이 꿈꾸는 마지막 소원의 내용이 구체적으로 설명된다. 그렇다. 눈사람은 빌딩이 붕괴되어 추락사하는 것보다 욕조에 누워 따뜻한 물에 용해되고 싶은 것이다. 그는 자신의 몸이 땅에 떨어져 파편처럼 산산이 뭉개지는 비극적인 종말보다는 온수에 녹아 어떤 흔적도 남기지 않고 완전히 소멸되는 가장 낭만적인 최후를 꿈꾸고 있는 것이다. 15번째 장면의 상단과 하단 사이에서 독자는 눈사람의 불우한 처지에 깊이 공감하며, 슬프지만 그의 마지막 선택을 응원하게 된다. 눈사람의 존재론적 비애를 포착하는 최승호의 눈이 금강金剛이다.

② 상단의 이야기가 연출하는 풍경이 하단의 시를 통해 시적 이미지

로 전이, 변형된다. 예컨대 21번째 장면에서는 지구 종말 이후 찾아온 빙하기 밤의 풍경이 아래의 두 문장으로 묘사된다.

G21 밤이다. 보름달이 광활한 얼음도시를 비추며 떠오른다.

상황은 처참하다. 그러나 풍경은 아름답다. 온통 얼음으로 뒤덮인 도시의 밤 풍경은 오히려 낭만적일 수 있다. 휘황찬란한 인공조명의 발광 속에서 보름달의 존재감은 미약했을 것이다. 그러나 인류 문명의 종말 이후 엄습한 칠흑 같은 밤을 밝히는 보름달은 도시의 유일한 광원으로서 존재의 이유를 마음껏 과시한다. 폐허가 된 도시를 점령한 얼음의 표면 위에 비친 보름달은 종말의 비극을 서정적으로 고발한다. 비극은 아름다운 옷을 입을 때, 더욱 잔혹해진다. 그리고 이런 묵시록적 풍경의 심상은 하단에 인용한 시를 통해 '여백의 이미지'로 전이된다.

여백은 테두리 없는 텅 빈 거울과 같다. 먼지 한 점이 와도 그를 비추고 쌍둥이 눈사람이 와도 그를 비추며 망치 든 바보가 와도 그를 비춘다. 해와 달을 비추고 암흑성운을 비추며 허공의 가장자리 별들을 다 비춘다 해도 오히려 넉넉하

게 비어 있는 것, 그것이 여백이다. 그러나 어둠이 오면 어
두워지고 밝음이 오면 밝아지는 여백을 평면이라고 할 수는
없다. 텅 빈 거울과 같다는 말은 거울처럼 깨어진다.

「텅 빈 거울」

최승호 시인의 상상력 속에서 인류 문명의 종말 이후 폐허가 된 지표면은 "넉넉하게 비어 있는 것", 즉 모든 것을 수용할 수 있는 "여백"으로 치환한다. 그리고 이 여백의 이미지는 거울의 이미지로 다시 변형된다. 수정 같은 얼음이 뒤덮인 매끈한 지표면은 "먼지 한 점"은 물론이고 "눈사람", "해"와 "달", "암흑성운"과 "별들"을 있는 그대로 온전히 비추는 "테두리 없는 텅 빈 거울"로 변주된다. 종말 이후 얼음으로 뒤덮인 대지에서 무량무변無量無邊의 거울의 이미지를 연상하는 최승호의 상상력이 발군이다.

③ 상단의 이야기에 내포된 문제의식을 하단의 시가 심화, 확장한다. 『마지막 눈사람』은 빙하기가 끝나고 봄이 다시 오길 꿈꾸는 고독한 눈사람의 인내와 견딤을 보여주면서 막을 내린다.

G27 그리하여 이렇게 밤의 옥상 위에서 고독만이 나의 뼈라고

생각하면서, 강물이 흐르고 새들이 지저귀는 먼 봄을 마냥 기
다리고 있는 것이다.

모순이다. 빙하기가 끝나고 따뜻한 봄이 오면 눈사람은 흐물흐물 녹아 사라질 수밖에 없기 때문이다. 그런데도 눈사람은 봄의 도래를 꿈꾼다. 눈사람이 생각하는 죽음은 일반적인 죽음과 다르다. 그에게 죽음은 생명이 없어지는 현상 그 이상의 의미를 지닌다. 죽음에 대한 눈사람의 생각은 곧 시인 최승호의 죽음에 대한 성찰이기도 하다. 죽음에 대한 눈사람의 문제의식은 하단에 인용한 「눈다랑어」에서 생태주의적 상상력으로 웅숭깊어지면서 저변을 넓힌다.

믿고 싶지 않겠지만 어느 날 당신이 태양계의 장님이 되고
은하계의 귀머거리가 되어서 광물질계의 한 벙어리로 침묵
해야 한다는 것을 믿어야 한다. 믿고 싶지 않겠지만 나 아닌
것들이 모여서 나를 잠시 이루었다 해체되듯이, 당신도 당
신 아닌 세계로 흘러드는 날이 있을 것이다. 이슬, 바람, 흙,
별, 그것들이 본래 당신의 얼굴 아니었나.

「눈다랑어」

나는 "나 아닌 것들이 잠시 모여서" 이루어진 타자들의 거주지였다. 그러므로 영원한 나는 없다. 나는 타자보다 우월하지 않다. 나와 타자는 동등하다. "당신"도 마찬가지이다. 불멸의 당신은 존재하지 않는다. 당신은 원래 풀잎에 맺힌 영롱한 "이슬"이었다가 "바람"이 되어 창공을 자유롭게 유영했다. 예전에 당신은 대지의 "흙"이었다가 지금은 창공으로 올라가 빛나는 "별"이 되었다. 그래서 시인은 "당신"에게 반문한다. "이슬, 바람, 흙, 별, 그것들이 본래 당신의 얼굴 아니었나." 그렇다. 당신은 이슬, 바람, 흙, 별과 평등하다.

마지막 눈사람도 예외는 아니다. 그의 몸은 원래 눈이 아니고 물이었을 것이다. 그리고 수증기로 대기를 부유했던 적도 있었을 것이다. 그러다가 찬 기운을 만나 눈송이로 결빙되어 도시의 옥상으로 추락한 것인지 모른다. 이런 맥락에서 보면, 갈망하던 봄이 와 눈사람이 죽음을 맞이하게 되면, 움직일 수 없었던 눈사람은 다시 흐르는 물로 변신하게 될 것이다. 그렇다. 죽음은 종결도, 정지도, 안식도 아니다. 죽음은 다른 존재로 변화하기 위한 매개이자 과정이다. 요컨대 만물은 유전한다. 모든 것은 부단히 변화한다. 없어지는 것은 하나도 없다. 만물은 평등하다. 인간과 인간, 인간과 자연, 자연과 자연 사이는 평등하다. 이것이 바로 최승호 시인의 문제의식이다. 알다시피 최승호는 환경 위기의 원인으로 인간 중심의 자연 지배적 세계관을 지적하며 인간 우월주의를 비판하는 생태주의를 시의 화두로 붙잡고 궁구해온 시인이다. 이렇게 보면, 봄을 동경하는 마지막 눈사람의 모습에서도 최승호의 생태주의적 상상력이 스며있음을 규지窺知할 수 있다. 말하자면, 인간이나 자연적 존재는 동등하다는 생명 중심적 평등사상에 근거해 나를 나 이외의 타인과 동식물종, 나아가 지구로 넓혀서 모두를 하나로 인식하는 박람博覽한 최승호 시인의 모습을 발견할 수 있는 것이다.

이처럼 상단의 이야기와 하단의 시들이 교호交互하는 변증법적 자장磁場에서 최승호 시인이 독자에게 말하고 싶었던 전언이 발화된다. 『마지막 눈사람』을 단순한 시선집으로 보기 힘든 소이연은 여기에 있다.

3. 우화와 이미지

최승호 시인의 『마지막 눈사람』의 상단에서 이야기를 구성하는 「그로테스크」는 산문시라는 형식의 옷을 입은 그로테스크한 우화寓話이다. 우화란 인간 이외의 동식물이나 사물에 인간의 의식과 감정을 부여하여 이들이 마치 사람처럼 사고하고 행동하게 함으로써 인간 사회의 모순을 풍자하는 이야기이다. 실례로, 인격화된 동물들이 주인공으로 등장해 인간의 어리석음을 비판하며 권선징악의 교훈과 생활의 슬기를 전달하는 『이솝 우화』, 천성天城을 향한 순례의 길을 보여줌으로써 청교도인의 신앙과 신학을 비유적으로 설교한 존 버니언의 『천로 역정』, 그리고 장원 농장을 탈취한 동물들이 자신들의 지도자에게 배신당하는 이야기를 통해 구소련의 부조리한 정치 상황을 풍자한 조지 오웰의 『동물 농장』 등은 우화 문학의 백미로 손꼽힌다. 그렇다면 최승호의 우화는 어떤 개성을 선보이는가? 늘 해체와 자기 부정을 통해 신생新生을 모색해 온 최승호 시인답게, 그는 비판적 풍자의 미학은 수용하되 기성의 우화 문법은 얌전히 따르지 않는다.

우선 형식적인 측면에서 그의 우화에는 기승전결의 극적인 서사가 없다. 갈등과 긴장을 유발하는 어떤 상대역도 등장하지 않는다. 독백만이 꼬리를 문다. 인류 문명이 왜 멸망했는지에 대한 어떤 정보도 제시하지 않는다. 그렇다고 향후 지구의 미래와 눈사람의 운명을 예측할 수 있는 결말이 나타나는 것도 아니다. 최승호의 우화에는 이야기의 앞(발단)과 끝(결말)이 없는 것이다. 그래서 우화는 물처럼 흐르지 않고 얼음처럼 굳어 결빙된 이미지처럼 멈춰 있다. 부연하자면 마치 움직일 수 없는 눈사람처럼 정지해 있는 것이다. 그의 우화가 한 편의 시처럼 빛나는 이유는 여기에 있다.

여기서 흥미로운 지점은, 이 이미지가 이야기를 생산한다는 사실이다. 극지에 홀로 남아 죽음을 기다리는 눈사람 이미지에서 작품의 주제가 발화된다. 요컨대 『마지막 눈사람』은 시적 이미지로 그린 '우화 산문시'이다. 부동不動의 존재이자, 무성無性의 존재인 눈사람을 우화의 당당한 주연으로 발탁한 최승호의 혜안도 독보적이다. 산중 명상을 통해 터득한 새로운 복음을 인간 세계에 설파하는 니체의 차라투스트라처럼 최승호의 눈사람은 빌딩 옥상에서 얼음에 유폐된 몰락한 문명을 관찰하며 깨달은 바를 풍자와 반어와 위트를 통해 전한다. 또한, 내용적인 차원에서도 「그로테스크」는 특정 교훈을 전달하는 기성의 우화와 차별된다. 그의 우화는 윤리적이지도, 종교적이지도, 정치적이지도 않다. 그의 우화는 염세적이고, 실존적이며, 철학적이다. 최승호 우화의 독창성은 바로 여기에 있다.

4. 독백과 외침

그렇다면 눈사람의 이미지를 통해 최승호 시인이 우리에게 하고 싶었던 말은 무엇인가? 세 가지 전언이 눈사람 이미지 속에 잠복해 있다. 첫째, 탐욕스러운 문명의 폭주에 대한 경고의 메시지가 들린다.

G5 옥상 위 뚱보의 고독, 그렇다. 소름 끼치는 무서운 고독이 빙하기에 있었다.

G6 내려다보면 거리는 텅 빈 백색 동굴처럼 고요했다. 마네킹이 뛰쳐나와 울부짖을 것만 같은 적막의 거리. 소음도 소란도 없었다. 사람 하나 없었고 개 한 마리 없었다.

G7 다 죽었는데 나만 혼자 구경꾼처럼 남아 있어도 되는 것일까. 마치 지구의 종말에 대한 긴 보고서를 작성해야 하는 어느 우울한 외계인처럼,

G8 빌딩 옥상 위에서 허구한 날 망원경도 설안경雪眼鏡도 없이 얼음과 눈에 파묻힌 문명의 폐허를 지겹도록 지켜보는 것, 별로 살아남고 싶지도 않았지만 산 자의 몫은 이것이다.

G9 시간은 얼음과 더불어 굳어버린 것일까. 옥상에서 바라볼 때 적어도 인간적인 시간은 끝장이 난 것처럼 보였다. 변화를 몰고 올 시간이란 존재하지 않았으며 과거는 얼음으로 굳어진 현재일 뿐이었다.

G10 흘러가는 것도 없고 흘러오는 것도 없이 모든 사물들이 굳어 머무는 세상의 한 꼭대기에서 나는 무엇을 해야 하는 것일까.

눈사람이 서 있는 빌딩 옥상이라는 공간은, 이 작품에서 언급된 빙하기가 인류 문명 태동 이전의 원생대에 속하지 않는다는 것을 증명한다. 지구는 대홍수의 심판으로 수장된 것도, 악덕의 도시 소돔과 고모라처럼 신의 분노로 불바다가 된 것도 아니다. 절제와 반성을 외면한 거만한 문명은 자폭했다. 자연의 순리를 거역한 문명의 폭력성이 급격한 지구 온난화를 초래했고 종국에는 지구에 '네오-빙하기'라는 대재앙을 호출한 것이다. 불은 모든 것을 재로 만들지만, 얼음은 모든 것을 생매장한다. 불은 종말을 완성하지만, 얼음은 종말을 유예한다. 그래서 빙하기 디스토피아는 더 비극적이고 더 암울하다. 얼음 속에 파묻힌 현대 문명의 잔해를 매일 봐야 하는 눈사람의 모습에서 '살아남은 자의 슬픔'과 문명에 대한 시인의 적의가 읽힌다. 감정이 배제된 냉정한 시선으로 현대 물질문명의 폐단을 비판해 온 시인의 문제의식이 이 우화에도 스며 있는 것이다. 오만한 문명의 조포粗暴한 질주를 멈춰라! 분노한 자연 앞에서 인간은 얼마나 하찮고 무력한가! 마지막 눈사람은 이렇게 말했다.

둘째, 눈사람의 독백에서 존재의 이유와 죽음에 대한 성찰이 들린다.

> G16 왜 나만 죽지도 못하고 빙하기에 혼자 남아 있는 것일까. 이건 끔찍한 형벌이다. 옥상은 나의 감옥이고. 그렇지 않은가.

> G17 어쩌면 존재의 이유라는 게 이런 것인지도 모르겠다. 감옥을 위해서 나는 존재한다. 그리고 나를 위해서 감옥이 존재한다. 이상한 논리지만, 적어도 이 논리는 어처구니없이 고독하고 암담한 나의 현존보다는 덜 이상하고 덜 비논리적이다.

눈사람의 마지막 소원은 죽음이다. 그는 이미 동사한 사람들처럼 자신도 빨리 죽기를 원한다. 얼어붙은 세상에서의 삶은 무의미하기 때문이다. 하지만 죽을 수도 없다. 빙하기에 눈사람의 몸이 흐물흐물 녹아 용해될 리 만무하기 때문이다. 봄이 올 수 없는 극한의 환경에서 눈사람의 죽음은 계속 유보될 수밖에 없다. 소금기둥처럼 얼어붙은 눈사람은 산주검undead에 다름 아니다. 이것이 눈사람의 실존적 천형이다. 일반적으로 사람들은 오래 살고 싶어 한다. 영원히 살 것 같고 죽음은 나와 무관한 일이라고 생각한다. 죽음을 두려워하고 죽음을 은폐한다. '인간은 죽음으로 가는 존재Sein zum Tode'라는 불변의 진리를 인정하지 않는다. 이런 맥락에서 보면, 죽고 싶어도 죽을 수 없는 눈사람의 난감한 처지는 자연스러운 죽음의 가치, 즉 죽음이 존재의 근본적인 조건임을 역설적으로 웅변한다. 최승호의 눈사람은, 우리로 하여금 인간의 한계와 유한함을 포용함으로써 삶의 진정한 의미가 무엇인지를 모색하게 한다. 불멸의 의지는 섬뜩하다. 죽음은 존재의 본질일지니, 겸허히 죽음을 기억하라! 메멘토 모리! 마지막 눈사람은 이렇게 말했다.

셋째, 눈으로 뒤덮인 백색의 사막에 홀로 선 눈사람의 외로움에서 고독의 진정한 가치를 생각해 본다. 문명이 몰락하고 인류가 절멸한 세상에서 유일하게 생존한 눈사람에게 일말의 구원의 가능성도 없어 보인다. 심지어 눈사람은 니체의 차라투스트라처럼 신의 죽음을 선언한다. 아니 눈사람의 상상력은 한 걸음 더 극한으로 치닫는다. 이 동토의 왕국에서 신("늙은 유령")은 자살한 것이다.

G22 텅 빈 건물마다 들어찬 어둠.

G23 이제는 마지막 그 늙은 유령도 어디서 얼어 죽은 것 같다. 날마다 교회 지붕에 항아리 같은 모습으로 나타났다 사라졌는데 오늘은 보이지 않는다. 모르긴 해도 아마 자살했을 것이다.

G24 빙하기의 유령이야말로 빙판 위에서 오래 방황하지 말고 제 얼굴을 집어 던져 거울처럼 산산조각이 나게 해야 미혹에서 깨어나는 길이 열릴 것이다.

신마저 동사한, 아니 자살한 디스토피아에서 눈사람이 유일하게 믿는 종교는 '절대 고독'이다. 얼음도시의 수도사로서 눈사람이 느끼는 고독은 그가 아직 살아 있다는 실존적 근거이다. 그의 고독이 존재의 이유를 되새기게 만든다. 그의 고독이 죽음의 의미를 성찰하게 만든다. 그의 고독이 한 줌의 소망을 품게 만든다. 요컨대 고독은 눈사람의 '뼈'이자 '희망'이다. 이런 맥락에서 마지막 세 장면(G25, G26, G27)은 의미심장하다.

G25 구원이 끝난 밤, 지상에는 구원받을 사람이 없다. 옥상 위에 구원받지 못한 내가 하나 남아 있지만 바라는 것

이 오직 죽음이기 때문에 이 빙하기에 구원의 문제는 끝장이 났다.

G26 들을 사람 하나 없는데 왜 이렇게 중얼거리는 것일까. 봄이 오려면 아직 멀었기 때문이다. 봄이 와야 나는 죽을 수 있고 말을 멈출 수가 있다.

G27 그리하여 이렇게 밤의 옥상 위에서 고독만이 나의 뼈라고 생각하면서, 강물이 흐르고 새들이 지저귀는 먼 봄을 마냥 기다리고 있는 것이다.

우리는 소통이라는 핑계로 새로운 관계 맺음에 집착한다. 하지만 정작 자기 자신과의 대화는 회피한다. 잠시라도 고독을 참지 못해 스마트폰을 만지작거릴 뿐이다. 고독이 소외로 이어지는 것만은 아니다. 고독은 내면의 진솔한 목소리를 경청할 수 있는 청진기이다. 절대고독은 자아를 세상 전체와 독대하게 만든다. 단독자로서 무변광대한 우주와 마주 서라! 관계의 질곡에서 해방되어 자유를 누려라! 마지막 눈사람은 이렇게 말했다.

5. 올라프와 차라투스트라

지금까지 눈사람의 소리 없는 외침에 귀 기울여 봤다. 이로써 이 무명無名의 눈사람에게 달아줄 이름이 생겼다. 애니메이션 『겨울왕국』에 등장하는 눈사람 "올라프Olaf"가 잠시 입가에 맴돌았다. 하지만 눈바람 속에서 존재의 의미를 캐묻는 최승호의 눈사람과는 어울리지 않아 보였다. 우울하고 고독하며 천연스럽고 사변적인 캐릭터에 부합되는 새로운 이름이 필요했다. 그렇다. 나는 공간이 의식을 결정한다고 믿는다. 나는 마지막 눈사람에게 이렇게 말했다.

"라스트 스노우맨! 이제부터 당신을 이렇게 호명해도 괜찮겠죠. 얼음도시의 차라투스트라!"

마지막 눈사람

1판 1쇄 발행 2023년 2월 22일
지 은 이 최승호
그 린 이 이지희
펴 낸 이 김재문

총괄책임 진호범
책임편집 양가영
편 집 최재원 김동진
디 자 인 이정아
인 쇄 천일문화사
펴 낸 곳 출판그룹 상상
출판등록 2010년 5월 27일 제2010-000116호
주 소 (06646) 서울시 서초구 반포대로28길 42, 6층
전자우편 story@sangsang21.com
페이스북 facebook.com/sangsangbookclub
인스타그램 @sangsangbookclub
대표전화 02-588-4589 | 팩스 02-588-3589

ISBN 979-11-91197-78-5 (03810)